보소라 임아 보소라

한 국 대 표
명 시 선
1 0 0

조 운

보소라 임아 보소라

시인생각

■ 차 례 ──────────── 보소라 임아 보소라

1

1

석류石榴

투박한 나의 얼굴
두툴한 나의 입술

알알이 붉은 뜻을
내가 어이 이르리까

보소라 임아 보소라
빠개 젖힌 이 가슴.

구룡폭포九龍瀑布

사람이 몇 생이나 닦아야 물이 되며 몇 겁劫이나 전화轉化
해야 금강에 물이 되나! 금강에 물이 되나!

샘도 강도 바다도 말고 옥류玉流 수렴水簾 진주담眞珠潭과
만폭동萬瀑洞 다 고만두고 구름 비 눈과 서리 비로봉 새벽안개
풀끝에 이슬 되어 구슬구슬 맺혔다가 연주팔담連珠八潭 함께
흘러

구룡연九龍淵 천척절애千尺絶崖에 한번 굴러 보느냐.

12

선죽교善竹橋

선죽교 선죽교러니 발 남짓한 돌다리야
실개천 여윈 물은 버들잎에 덮였고나
오백 년 이 저 세월이 예서 지고 새다니.

피니 돌무늬니 물어 무엇 하자느냐
돌이 모래 되면 충신을 잊겠느냐
마음에 스며든 피야 오백년만 가겠니.

포은圃隱만한 의렬義烈로서 흘린 피가 저럴진대
나보기 전 일이야 내 모른다 하더라도
이마적 흘린 피들만 해도 발목지지 발목져.

채송화

불볕이 호도독호도독
내려쬐는 담머리에

한올기 채송화
발돋움하고 서서

드높은 하늘을 우러러
빨가장히 피었다.

고매古梅

매화 늙은 등걸
성글고 거친 가지

꽃도 드문드문
여기 하나
저기 둘씩

허울 다 털어버리고 남을 것만 남은 듯.

난초蘭草잎

눈을 파헤치고
난초잎을 내놓고서

손을 호호 불며
들여다보는 아이

빨간 손
푸른 잎사귀를
움켜지고 싶고나.

오랑캐꽃

넌지시 알은체하는
한 작은 꽃이 있다.

길가 돌담불에
외로이 핀 오랑캐꽃

너 또한 나를 보기를
나
너 보듯 했더냐.

파초芭蕉

펴이어도
펴이어도 다 못 펴고
남은 뜻은

고국이 그리워서냐
노상 맘은 감기이고

바듯시 펴인 잎은
갈가리
이내 찢어만 지고.

무꽃

무꽃에 번득이는
흰나비 한 자웅이

쫓거니 쫓기거니 한없이
올라간다

바래다
바래다 놓쳐
도로 꽃을 보누나.

석담신음石潭新吟

1곡一曲이 예라건만 관암冠巖은 어디 있노
반남아 떨렸으니 옛 모습을 뉘 전하리
흰구름 제 그림자만 굽어보고 있고나.

2곡은 배로 가자 화암花巖은 물속일다
장광長廣 칠팔 리가 거울같이 즐편하여
인가도 다 묻혔거든 물을 데나 있으리.

3곡을 찾아가니 취병翠屏이 예로고나
송림을 머리에 인 채 허리에 배 매었다
석양은 무심한 체하고 불그러히 실렸다

4곡이 깊숙하다 송애松崖에 쉬어가자
가공암架空庵 옛터 보고 능허대凌虛臺로 내려오며
석천수石泉水 손으로 쥐어 마시는 게 맛이다.

5곡으로 돌아드니 은병隱屏에 가을일다
청계당聽溪堂 거친 뜰에 은행잎만 흔들리는데
포건 쓴 약관弱冠 소년은 입 벌린 채 보는고.

6곡은 조협釣峽이라 물이 남실 잠겼고나
양안兩岸에 늙은 버들 빠질 듯이 우거지고
새새이 내민 바위는 조대釣臺인 듯하이라.

7곡은 풍암楓岩은 깎아지른 절벽絶壁이야
푸른 솔 붉은 단풍 알맞게 서리 맞아
일천 길 물밑까지가 아롱다롱하더라.

8곡으로 거스르니 물소리 과연 금탄琴灘일다
돌을 차며 뒤동그려 이리 꿜꿜 저리 좔좔
바위들 싫어 흐르다간 어리렁출렁 하더라.

9곡이 어디메오 문산文山이 아득하다
십 리 장제長堤에 오리숲이 컴컴하다
청계동聽溪洞 청계다리 건너 게가 기오 하더라.

고산高山 구곡담九曲潭은 율곡栗谷의 노던 터라
오늘날 이꼴씨를 미리 짐작하신 끝에
남몰래 시름에 겨워 오르나리셨거니.

2

돌아다 뵈는 길

— 투옥된 지 삼 년 만에 중병으로 보석保釋 되어
방 한 칸을 세 얻어 외로이 누워있는 벗 C군
을 찾아보고 돌아오는 길에 차 안에서

밤낮 마주 앉아 애기 끝이 없었겄다
삼 년이 십 년만 하여 할 말이 좀 많으리
대하니 말도 눈물도 막혀 물끄러미 보기만

창이나 발라주고 떠나오자 하던 것이
비 개인 밤바람은 몹시도 차고 차다
교포絞布가 눈에 밟히네 어이 갈꼬 어이 가.

작별을 차마 못 마쳐 '떠날 때 또 다녀가마'
아예 못할 짓을! 이게 맘에 걸리네나
찬 달이 기울었는데 상기 깨어 있는가?

고향에 돌아가면 무엇이라 이르를꼬
깨물고 남은 찌경이 병病 안구어 내쳤는데
그 병도 맘은 못 새기드구 걱정마소 하리라.

우장雨裝 없이 나선 길에

우장 없이 나선 길에
비바람 치지 마라

맞는 나두곤
앉아 보기 또 다르니

가뜩이 날 보내신 님
맘 상할까 저어라.

황진이黃眞伊

난간에 기대이어
구름을 바라다가

어른님 내가 되어
자하동紫霞洞 찾아가니

흰구름
황진이 되어
미나리를 뜯더라.

어머니 얼굴

주름진 어머니 얼굴
매보다 아픈 생각

밤도
낮도 길고
하고도 하한 날에

그래도 이 생각 아니면
어이 보냈을 거나.

나올 제 바라봐도

구름은 월출산月出山에
끊이락
또 이으락

그저 한양으로
나올 제 바라봐도

호수는 오르랑 내리랑
영산강구榮山江口로구나.

도라지꽃

진달래
꽃잎에서부터 붉어지는
봄과 여름

붉다 붉다 못해
따가운 게 싫어라고

도라지 파라소름한 뜻을
내가 짐작하노라.

독거獨居

빈방만 여기고서
함부로 수뭐리든

처마에 새 두 마리
기침에 달아난다.

열쩍어
나려지는 먼지만
물끄러미 보노라.

상치쌈

쥘상치 두 손 받쳐
한입에 우겨넣다

희뜩
눈이 팔려 우긴 채 내다보니

흩는 꽃 쫓이던 나비
울 너머로 가더라.

석량 夕凉

볏잎에 꽂인 이슬 놀랠세라
부는 바람

빨아 대룬 적삼 겨드랑이
간지럽다

예 벌써 정자나무 밑에
시조時調소리 들린다.

잠든 아기

잠꼬대하는 설레에 보던 글줄
놓치고서

책을 방바닥에
편 채로 엎어 놓고

이불을 따둑거렸다
빨간 볼이 예쁘다.

별

십 년에 하루씩만
별밤이 있다 하면

기나긴 겨울밤을
선 채 얼어 굳을망정

우러러 꼬빡 새고도
서오하여 하렸다.

3

책 보다가

바람에 몰린 눈이
창틈으로 들이친다

책 들어 시린 손을
요 밑에 녹이면서

얼없이 천정을 바래니
네가 생각히니라.

눈

빰에는 이슬이오
가지에는 꽃이로다

곱게 쌓여노니 미인의 살결일다

비단이 밟히는 양 하여
소리조차 희고나.

해불암海佛庵 낙조落照

뻘건 해
끓는 바다에
재롱부리듯 노니다가

도로 솟굴 듯이 깜박 그만
지고 마니

골마다 구름이 일고
쇠북소리 들린다.

만월대滿月臺에서

영월寧越 자규루子規樓는 봄밤에 오를 거니
만월대滿月臺 옛 궁터는 가을이 제철일다
지는 잎 부는 바람에 날도 따라 저물다.
—단종의 시 '寄語世上苦勞人 愼莫登春三月子規樓'
　　　　　　기 어 세 상 고 로 인　신 막 등 춘 삼 월 자 규 류

송도松都는 옛이야기 지금은 하품이야
설움도 낡을진대 제 설움에 아이느니
대臺뜰에 심은 벚나무 두 길 세 길씩이나.

야국野菊

가다가 주춤
머무르고 서서
물끄러미 바래나니

산뜻한 너의 맵시
그도 맘에 들거니와

널 보면 생각히는 이 있어
못 견디어 이런다.

부엉이

꾀꼬리 사설
두견의 목청
좋은 줄을 누가 몰라

도지개 지내간 후
조각달이 걸리며는

나는야
부엉부엉 울어야만
풀어지니 그러지.

갈매기

갈매기
갈매기처럼
허옇게 무리지어

마음대로 좀
쑤어려 보았으면

파아란 물결을 치며
훨훨 날아도 보고..

설청雪晴

눈 오고 개인 볕이
터지거라 비친 창에

낙수 물 떨어지는 그림자
지나가고

와지끈
고드름 지는 소리
가끔 맘을 설레네.

노도怒濤

돌 틈에 솟은 샘물
산골이 갑갑해라

천리만리 길은 밤낮없이
울어와선

바다도
갑갑해라고
이리 노해하노니.

수영水營 울돌목

벽파정碧波亭이 어디메오
울돌목 여기로다

당년에 못다 편 듯
상기도 남아 있어

오늘도 워리렁충청
울며 돌아가누나.

비 맞고 찾아온 벗에게

어젯밤 비만 해도 보리에는 무던하다
그만 갤 것이지 어이 이리 굳이 오노
봄비는 찰지다는데 질어 어이 왔는고.

비 맞은 나뭇가지 새엄이 뾰쪽뾰쪽
잔디 속잎이 파릇파릇 윤이 난다
자네도 비를 맞아서 정情이 치나 자랐네.

4

아버지 얼굴

내가 그림을 배워
아버지를 그리리라

한때는 이런 생각을
한 적도 있었거니

네 살에 본 그 얼굴이 아버진지
아닌지.

정운애애停雲靄靄

오느냐 못 오느냐 소식조차 이리 없냐
널 위해 담근 김치 맛도 시고 빛 변했다
오만 때 아니 오고는 시니 다니 하렸다.

올 테면 오려무나 말 테면 말려무나
서울 천리가 머대야 하룻길을
차라리 내 가고마저 기다리든 못하리.

오마고 아니 온 죄에 벌罰 마련을 하라하면
가네 곧 가네 하고 사흘 밤만 두어둘 사
사립에 개 짖는 족족 젠들 짐작 못 하리.

고향 하늘

등에 비친 햇볕
다사도 한저이고

고향 하늘은
바라지도 못하느니

오늘은
어이런 구름이
떠 흐르고 있는지.

한야寒夜

한번 눕혀 노면
옆에 사람 어려워라

돌아도 잘못 눕고
자다 보면
그저 그 밤!

파랗게
유리창에 친 서리
반짝이고 있고나.

가을비

어머니 생각

뜰에 파초芭蕉 있어 빗소리도 굵으리다
내가 이러 그리울 제 어버이야 좀하시리
어머니 어머니 머리 내가 세게 하다니

안해에게

새로 바른 창을 닫고 수수들을 까는 저녁
요 빗소리를 철창鐵窓에서 또 듣다니
언제나 등잔불 돋우면서 이런 이약 할까요.

딸에게

올 날을 이르라니 날짜나 어디 있니
너도 많이 컸으리라 날랑은 생각 말고
송편에 돔부랑 두어 할머니께 드려라.

여서女書를 받고

너도 밤마다
꿈에
나를 본다 하니

오고
가는 길에
만날 법도 하건마는

둘이 다 바쁜 마음에
서로 몰라보는가

바람아 부지 마라
눈보라 치지 마라

어여쁜 우리 딸의
어리고 연한 꿈이

날 찾아
이 밤을 타고 이백 리를
온단다.

면회面會

읽고 자고
읽고 자고
출접出接만 여겼더니

몰라보는 어린 자식
돌아서며 우는 안해

이 몸이 갇힌 몸임을 새삼스리 느꼈다.

출범出帆

해문海門에 진을 치듯
큰 돛대
작은 돛대

뻘건 아침볕을
떠받으며
떠나간다

지난밤
모진 비바람
죄들 잊어버린 듯.

덥고 긴 날

찌는 듯 무더운 날이
길기도 무던 길다

고냥 앉은 채로
으긋이 배겨 보자

끝내는 제가 못 견디어
그만 지고 마누나.

추운秋雲

하늘은 맑다소니
나래는 가볍것다

오늘은 구만 리
내일은 또 몇 만 리뇨

오가는 저 구름짱들 서로 말을 미루네.

우음偶吟

지는 잎이 서오ㅎ더니
드는 달이 정다웁다

오거니
가거니
모르는 척하잤더니

반기고
아끼는 맛이
외려 구수하고나.

5

불갑사佛甲寺 일광당一光堂

창을 열뜨리니
와락 달려 들을 듯이

만장萬丈 초록이
뭉게뭉게 피어나고

꾀꼬리
부르며
따르며
새이새이 걷는다.

산사폭우 山寺暴雨

골골이 이는 바람
나무를 뽑아 내던지고

봉峯마다 퍼붓는 비
바위를 들어 굴리는데

절간의 저녁 종소리
여느 땐 양 우느냐.

망명아亡命兒들

그네는 어디로들 떠돌아
다니는고

이런 항구에나
혹 머물러 있잖은가

사람들 모여선 곳이면
끼웃거려 지노나.

성묘省墓

조카를 더부리고
성묘하고 오는 길에

해망대海望臺 바윗등에
이야기 이야기ㅎ다가

아버지 얼굴을 아느냐?
서로 물어보았다.

호월湖月

달이 물에 잠겨 두렷이 흐르는데
맑은 바람은 연파漣波를 일으키며
뱃몸을 실근실근 밀어 달을 따라 보내더라.

달이 배를 따르다가 배가 달을 따르다가
뱃머리 빙긋 돌제 달이 노櫓에 부딪치면
아뿔싸 조각조각 부서져 뱃전으로 돌더라.

풍덩실 뛰어들어 이 달을 건져내랴
훨훨 날아가서 저 달을 안아 오랴
머리를 들었다 숙였다 어쩔 줄을 몰라라.

어머니 회갑回甲에

아버지 일찍 여읜 우리들 칠 남매를
한 이불에 재워놓고 행여나 깨울세라
말없이 울어 세우신 적이 몇 번이나 되시노.

우는 애 보채는 애 등에 업고 품에 품고
여름비 겨울눈을 마다 아니 하셨건만
봄바람 가을달이야 좋은 줄을 아셨으리.

벽에 금이 날로 높고 철마다 옷이 짧아
크는 것만 좋아하고 늙는 줄은 모르시다
오늘에 백발을 만지시며 속절없어하시네.

옥잠화玉簪花

우두머니 등잔불을 보랐고 앉었다가

문득 일어선 김에 밖으로 나아왔다

옥잠화
너는 또 왜 입때
자지 않고 있느니.

앵무

앵무는 말을 잘해
갖은 귀염 다 받아도

저물어 뭇새들이
깃 찾아 돌아갈 젠

잊었던 제 말을
일깨우며
새뜨리고 있니라.

그 매화

창窓볕이 다살거늘
책 덮고 열뜨리니

거년去年 그 매화가
밤 동안에 다 피었다

먼 산을 바래다가 보니
손에 꽃잎일레라.

창조의 동기와 표현
- 조운의 시조

나는 조운曹雲을 현대조선 시조작가 속에서 가장 이채異彩를 가진 존재라고 생각한다. 비록 그가 세속에 물들지 않고 문단적 지위를 바라지 않아 고독한 가운데에 파묻혀 있어 알아주는 사람이 적다할지라도 마침내 이 시인의 시조가 찬연한 광망光鋩을 비쳐 줄 날이 가까워 온 것이다.

지금까지 우리 조선에는 시론 내지 시작품의 비평의 전통이 서지 못한 까닭으로 시를 가지고 문학, 더 나가서는 예술, 더 나가서는 인간문제까지도 논의하게 되어야 할 풍습이 시인에게나 비평가批評家에게나, 익숙하지 못하여 시가 문학의 중심이 되고 시론이 평론의 중심이 되지 못한 채 내려왔으므로 한 편의 시작품과 한 사람의 시인도 그 가치를 정당한 이해 밑에서 평가된 일이 희소하다.

내가 여기서 이런 말을 하면, 혹 어떤 사람은 오해하여 조운의 변호비평을 한다고 비웃을지도 모르나 나는 결코 조운을 변호하려는 생각은 추호도 없다. 이제껏 얼굴이 넓지 못한 나는 선배의 한 사람인 조운 씨의 얼굴도 본 일이 없으며, 다만 조운이라는 이가 조선의 신문학의 초창기부터 이름이 있어 온 이로 문단적으로는 퍽 야망도 없는 이라는 것, 그리고 시를 쓰기 위하여 시를 쓰는 부류의 시인이 아니요,

시가 스스로 울어나므로 시를 쓰는 천래적天來的인 시인이라는 것, 그리고 호화판 시집 한 권 없이 볼꼴사나운 시조집, 한 권을 그나마도 자기 제자의 호의로 작금(1947년 5월)에서 가지게 된 시인이라는 것 이외에 아무것도 나는 모른다.

조운이야 말로 현대 시조문학의 개척자로서 가장 빛나는 존재임을 나는 알고 있다. 물론 시조창작의 양量에 있어서는 가람 이병기李秉岐와 노산鷺山 이은상李殷相에 비기어 적을지 모르나, 질質에 있어서는 가장 으뜸이 아닐 수 없다. 시조라는 낡은 시가형태를 내용과 형식에 있어 현대화에 노력한 점에 있어서는 조 씨의 공이 가장 크다고 볼 수 있으니, 예로부터 시조가 즐겨 그 제재題材로 삼는 자연묘사의 시조를 놓고 볼지라도 위당爲堂 정인보鄭寅普의 「근화사槿花詞」이거나 노산鷺山의 「금강산金剛山」 「박연朴淵」이나 최남선崔南善의 「단군굴檀君窟」에서나 가람의 「만폭동萬瀑洞」이나 수주樹州 변영로卞榮魯의 「백두산白頭山 갔던 길에」나 월탄月灘의 「비로봉毘盧峰」이나 지용芝鎔의 「백록담白鹿潭」이나—이것은 시조가 아니라 시이지마는—그 밖의 어떠한 작품을 갖다 대어도 조 씨의 「구룡폭포九龍瀑布」 한 편과 어깨를 겨눌 작품을 나는 보지 못하였다.

다음에 조운이 금강산을 노래한 일편을 여기에 피로披露하여 놓고 함께 감상하여 보기로 하자.

사람이 몇 생生이나 닦아야 물이 되며, 몇 겁劫이나 전화轉化해야 금강金剛의 물이 되나! 금강의 물이 되나!
샘도 바다도 말고 옥류玉流 수렴水簾 진주담眞珠潭과 만폭동萬瀑洞 다 고만두고 구름 비 눈과 서리 비로봉 새벽안개 풀끝에 이슬 되어 구슬구슬 맺혔다가 연주팔담連珠八潭 함께 흘러
　구용연九龍淵 천척절애千尺絶崖에 한번 굴러 보느냐.

이 시조의 형식은 단시형短詩型이 아니라 이른바 '사설시조'의 형식으로 된 것이거니와, 이 시조에 나타난 시적 정신이야말로 최고의 것이 아닐 수 없다. 거기에는 단순한 수사修辭도 즉감卽感에서 온 감흥도 아니요. 시인의 심령 속에 어리고 서린 오랜 시간성을 거쳐서 비로소 맺어진 열매인 것이다. 들으니 이 시인은 지필紙筆도 없이 금강산을 구경하고 돌아와서 삼 년 뒤에 이 작품을 썼다 한다. 한 편의 시를 전 생명의 발로로 안다면 모름지기 우리는 시를 대하기를 죽엄을 대하듯 진지眞摯하여 될진저!

그의 같은 경향의 시조로 「만월대滿月臺에서」라는 시조를 보면 이 시인의 시조는 참으로 사상적으로 심원深遠한 맛을 가지고 있으니, 거기에는 말이 레토리크[修辭]의 재료로 씌워진 것이 아니라 시가 욕구하고 생동하는 산 언어로서 빌려 온 것이다.

　영월 자규루子規樓는 봄밤에 오를 거니
　만월대 옛 궁터는 가을이 제철일다
　지는 잎 부는 바람에 날도 따라 저물다.

　송도松都는 옛이야기 지금은 하품이야
　설움도 낡을진대 제 설움에 아이느니
　대臺뜰에 심은 벚나무 두 길 세 길씩이나.

　　　　　　　　　　　　　　　　　　　ㅡ「만월대에서

　설움도 낡을진대 새 설움에 아이느니. ‘대臺뜰에 심은’ 왜놈의 국화 벚나무 ‘두 길 세 길씩이나’ 무성만 한다는 이 시인의 사상思想이야말로 설명이 아닌 참으로 창조적 표현의 경지에 다다른 것이다.

그는 또 「석류」를 노래하여,

투박한 나의 얼굴
두툴한 나의 입술

알알이 붉은 뜻을
내가 어이 이르리까

보소라 임아 보소라
빠개 젖힌 이 가슴.

—이라고 노래하였다. 참으로 시도 여기까지 이르면 시신
詩神도 감히 시 앞에 묵언黙言의 예배를 드리지 않을 수 없을
것이다.

1948년 1월
윤 곤 강

조 운

1900(1세) 음 6월 26일, 전남 영광군 영광읍 도동리 136
에서 오위장五衛將이었던 아버지 창녕 조曺씨
희섭喜燮, 어머니 광산光山 김金씨의 1남 6녀 중
위로 누나 4명, 밑으로 누이 2명 사이의 외아
들로 태어났다.

1903(4세) 부친 별세(12월 12일).

1916(17세) 영광보통학교 졸업.

1917(18세) 목포간이상업학교(2년제, 5년제 목포상고 전
신) 졸업.

1918(19세) 1월 17일 동갑내기 김공주와 결혼.

1919(20세) 1월 6일, 장녀 옥형을 낳았으나 같은 해 병사.
3·1운동 시 영광독립만세 시위 주동으로 만주
땅 연해주(블라디보스토크)로 피신, 이때 서해
曙海 최학송 만남.

1921(22세) 금강산, 해주, 개성, 고적지 유람 탐승 후 귀향,
첫 자유시「불살녀 주오」독자투고 발표<동아
일보>.

1922(23세) 중학 과정의 사립 영광중학원 설립 개교 후 교
원 생활. <자유예원> 문예서클 조직(등사판 문
예지도 간행). 무명 여교사 박경순朴花城 문예
창작 지도. 차녀 나나 낳음. 시조동인회 <추인
회> 창립 주도.

1923(24세) 영광 지역 문화 전반의 중심인물로서 판소리 복원, 문맹 퇴치에 앞장섬.

1924(25세) 「초승달이 재 넘을 때」《조선문단》 외 작품 발표로 문명 얻음. 첫째 부인과 합의이혼.

1925(26세) 신병과 가난 속에서 시조시 창작 완성함. 「법성포 12경」《조선문단》 「한강소경」<시대일보> 「영호청조暎湖淸調」《조선문단》, 첫 평문 「님에 대하여」《조선문단》 발표.

1926(27세) 프로문학과 맞선 국민문학 운동에 동조.

1927(28세) 서해, 가람을 영광에 초청하여 문예창작 모임 주도. 누이 분려와 서해 최학송 결혼(서울 조선문단사에서). 시조 연간 총평 「병인년과 시조」《조선문단》 발표.

1928(29세) 영광보통학교에서 교편을 잡고 있던 2세 연하인 노함풍(1902년생)과 재혼.

1929(30세) 논문 「근대가요 대방가 신오위장」《신생》 발표. 장남 홍재 낳음.

1931(32세) 영광청년회 3대 회장 추대. 차남 청재 낳음.

1932(33세) 가람 집에서 고서, 시조집 빌려 가다. 『노산시조집』 출판기념식 참석. 서해曙海 별세.

1933(34세) 영광금융조합 근무 시작. 3남 명재 낳음. 「병우를 두고」《가톨릭 청년》 발표.

1934(35세) 영광체육단 조직하고 총무로 임명됨. 갑술구락
부 조직하여 회장 추대됨.
지역문화운동 주관(고서 전시, 소인극 공연, 무
용 발표, 에스페란토 강습⋯⋯). 서해 묘지 참
배(가람 등과).「선죽교」발표≪중앙≫.

1935(36세) 가람, 영광에 내왕하여 선운사 탐승. 누이 분려
병사.

1937(38세) 영광체육단 조작 사건으로 목포구치소 투옥됨.
「설창」≪조광≫ 발표.

1939(40세) 예심 면소로 출옥됨.

1940(41세) 주위 사람 도움으로 부부 동반 금강산 탐승.
「찬밤」≪창작≫,「고향하늘」≪문장≫ 발표.

1941(42세) 조선식량영단 영광출장소 서무계장으로 근무.

1942(43세) 장시조시「구룡폭포」탈고.

1945(46세) '정주연학회' 학술, 시조창작 연구 교원 서클
조직. 영광건국준비위원회 부회장 추대됨. 조
선문학가동맹에 동조함.

1946(47세) 조선문학가동맹 대회 참석 및 시 분과 중앙위
원 위촉됨.

1947(48세) 가족 전체 서울로 이주. 첫 시집『조운시조집』
(조선사 판) 간행.「석류」「고부 두성산」발표
(연간시집). 동국대 출강하며 가람, 조운, 남령

3인 공동 시조집 준비. 「얼굴의 바다」《문학평론》, 「탈출」《문학》 발표. 유진오 시집 『창』 서문 집필.

1948(49세) 북한 황해도 해주로 가족 전체 이주. 윤곤강 평론집 《시와 진실》에 조운 시조집 서평 발표됨.

1949(50세) 장남도 뒤따라 월북. 「금만경들」《조선문학전집》 외 발표

1950(51세) 한국전쟁 중에 북조선 종군 문인으로 서울 다녀감. 3남, 해군 장교로 참전 중 전사.

1951(52세) 최고인민회의 제1서기 상임위원 추대됨. 평양시로 거처 이전.

1953(54세) 조선인민예술학교 학장 임명됨. 고전예술극장 연구실장.

1954(55세) 『조선구전 민요집』『조선 창작극집』 공동 편·저술함.

1956(57세) 숙청되어 협동농장으로 축출된(이태준 등과) 후 다시 면죄 복귀.

1957(58세) 『현대조선문학선집』에 시조시와 자유시 33편 게재.

1960(59세) 이후 신원, 소재 불명하나 1960년대 말까지 생존했을 것이란 간접 증언이 있음.

〖한국대표명시선100〗을 펴내며

한국 현대시 100년의 금자탑은 장엄하다. 오랜 역사와 더불어 꽃피워온 얼·말·글의 새벽을 열었고 외세의 침략으로 역경과 수난 속에서도 모국어의 활화산은 더욱 불길을 뿜어 세계문학 속에 한국시의 참모습을 드러내게 되었다.

이 나라는 글의 나라였고 이 겨레는 시의 겨레였다. 글로 사직을 지키고 시로 살림하며 노래로 산과 물을 감싸왔다. 오늘 높아져 가는 겨레의 위상과 자존의 바탕에도 모국어의 위대한 용암이 들끓고 있음이다.

이제 우리는 이 땅의 시인들이 척박한 시대를 피땀으로 경작해온 풍성한 시의 수확을 먼 미래의 자손들에게까지 누리고 살 양식으로 공급하는 곳간을 여는 일에 나서야 할 때임을 깨닫고 서두르는 것이다.

일찍이 만해는 「님의 침묵」으로 빼앗긴 나라를 되찾고 잃어가는 민족정신을 일으켜 세우는 밑거름으로 삼았으며 그 기름의 뜻은 높은 뫼로 솟아오르고 너른 바다로 뻗어 나가고 있다.

만해가 시를 최초로 활자화한 것은 옥중시 「무궁화를 심고자」(≪개벽≫ 27호 1922.9)였다. 만해사상실천선양회는 그 아흔 돌을 맞아 만해의 시정신을 기리는 일의 하나로 '한국대표명시선100'을 펴내게 된 것이다.

이로써 시인들은 더욱 붓을 가다듬어 후세에 길이 남을 명편들을 낳는 일에 나서게 될 것이고, 이 겨레는 이 크나큰 모국어의 축복을 길이 가슴에 새겨나갈 것이다.

만해사상실천선양회

한국대표명시선100 | 조 운

보소라 임아 보소라

1판1쇄 인쇄 2013년 4월 25일
1판1쇄 발행 2013년 4월 30일

지 은 이 조 운
뽑 은 이 만해사상실천선양회
펴 낸 이 이 창 섭
펴 낸 곳 시인생각
등 록 번 호 제2012-000007호(2012.7.6)
주   소 경기도 양평군 옥천면 고읍로 164
          ㉾476-832
전   화 (031)955-4961
팩   스 (031)955-4960
홈 페 이 지 http://www.dhmunhak.com
이 메 일 lkb4000@hanmail.net

값 6,000원

ISBN 978-89-98047-34-4 03810